문학과지성 시인선 484

마지막 사랑 노래

문충성 시집

문학과지성사

문학과지성사에서 펴낸 문충성의 시집

濟州바다(1978)
섬에서 부른 마지막 노래(1981)
내 손금에서 자라나는 무지개(1986)
떠나도 떠날 곳 없는 시대에(1988)
방아깨비의 꿈(1990)
설문대할망(1993)
바닷가에서 보낸 한 철(1997)
허공(2001)
그때 제주 바람(시선집, 2003)
백 년 동안 내리는 눈(2007)
허물어버린 집(2011)

문학과지성 시인선 484
마지막 사랑 노래

펴 낸 날 2016년 5월 16일

지 은 이 문충성
펴 낸 이 주일우
펴 낸 곳 ㈜문학과지성사

등록번호 제1993-000098호
주 소 04034 서울 마포구 잔다리로7길 18(서교동 377-20)
전 화 02)338-7224
팩 스 02)323-4180(편집) 02)338-7221(영업)
전자우편 moonji@moonji.com
홈페이지 www.moonji.com

ISBN 978-89-320-2863-7 03810

이 도서의 국립중앙도서관 출판예정도서목록(CIP)은 서지정보유통지원시스템 홈페이지(http://seoji.nl.go.kr)와 국가자료공동목록시스템(http://www.nl.go.kr/kolisnet)에서 이용하실 수 있습니다. (CIP제어번호: CIP2016011271)

문학과지성 시인선 484

마지막 사랑 노래

문충성

시인의 말

문지에서만 열한번째 시집을 펴낸다.
모두 스물한 권이 된다.
부지런히 시를 써왔지만 한 점 부끄러움을 다시 만난다.

간간이 씌어진 제주어에는 별도의 각주를 달지 않았다.

꿈을 잃지 맙시다.
새해 첫날
황동규 시인이 일러준 이 말을 되새기며
사위어드는 꿈의 불씨를 되살린다.

2016년 5월
하얗게 제비꽃 피는 날에
문충성

마지막 사랑 노래

차례

똥소레기로 날아오를 날 있을까

하늘에 있을 때 나는

하늘에 있을 때 나는
하늘이었네
새하얀 웃음이었네
우르르 우르르

별 하늘을 날아다녔네
우레 만들어 노래하고
번개 만들어 놀이하고
즐거웠네
행복하였네

어느 날
우연히
만났네 우리는
무지개 나라에서 사각사각
눈 뜨고
눈 맞추고 나는

그대에게로 날아가나니 괴로움이여!
그대도 내게로 날아오라 그리움이여!
하나가 될 수 있을까 사랑이여!
목마름이었네 깊숙이
목숨 바쳐 한숨 속을 헤매어 다니다가

처음으로 슬픔을 만났네 하얗게
목마름으로 빚은 슬픔 완성하기 위해
송이송이 떨어져가나니 그만한 사이
지상에 떨어져 만난다면 우리는

눈 되어 눈으로 만날까
물 되어 물로나 만날까
그대 그리움이여! 아아!
흙이 될 나의 꿈

마지막 나의 노래 아무도 몰래
하늘 한 녘에 묻고 가나니 푸르르르

하늘이었네
하늘에 있을 때 나는

한때

한때
밥보다
시가 더
소중했다 한다

요즘
시는 밥보다
못하다 한다

그러나
밥만 먹고 사는
사람들도
때로
시를 읽는다 한다

제주의 새봄

이마 위로 바다 물결이 새하얗게 밀려오기 시작
하면
연둣빛 새봄이 와요 새봄이
잎 떨린 나뭇가지마다
물새들 물고 온 새 소식들 투욱 툭 전하면
소리 없이 연둣빛 웃음들 터뜨려요
그 웃음소리
바닷가에서
들판으로 들판에서
산으로 오롯 오롯
퍼져나가죠 연둣빛 그 웃음소리
한라산 중턱에도 미치지 못했는데
하얀 봄바람 손잡아
날아다니는 나풀나풀
봄 나비들 어느새 미쳐나게
온 세상이 새파래졌네요 하늘이

요즘 귓속에서

요즘 귓속에서 울리는 여울물 소리
그 소리 따라갔습니다
울고 있었습니다 노래하는 소리로 듣던
젊은 날도 있었습니다
그 옆
버드나무 가지에 앉았던
박새도 울었습니다 박새 눈물이
떨어졌습니다 여울물 소리 위로
물소리 되어 흘러갑니다
지난 40년 내내
눈물이 말랐습니다 나는
울려 해도 울지 못합니다 싸구려
인공 눈물이나 흘리고 있습니다 싸구려

곤파스 태풍 불 때

내 손녀 눕는 2층 침대
거기 누워 잔다 편안하다

머리맡 유리창 너머로 보인다
참나무 가지
바람에 휘청댄다 부드득 부드득
바람이 꺾인다

무섭다 곤파스 태풍 불 때 바람 바람
바람 자락 꺾어지는 소리
저 사라호 때
제주 초가집들 허물어지는 소리

절룩 절룩 밥 세상

내 친구 하나가 나를 불러냈다
서울 가서 수술받는 아내를 보살펴야 하니까
삼계탕이나 한 그릇 먹고 가라
뙤약볕 넘쳐나는 8월 어느 날
제주문예회관 앞에서 만났다
낯선 사람들 사이에서
빵빵 자동차들 지나가고
사람 사는 데 예술은 무엇인가
예술은 무엇인가 사람 죽는 데
최고의 거짓이 최고의 예술 작품이 된다고
논픽션도 있지만 최고의 거짓말이 최고의 문학 작품이 된다고
거짓말쟁이들이 아름다운 세상을 아름답게
뒤섞어놓는다고 그런가
잘나고 형편 있는 녀석들
꼽아보며 아부 잘하고 비슷비슷한 끼리끼리 만들어
힘 기른 자들 오늘도
좌지우지하는 세상

삼계탕 한 그릇 얻어먹고
아내 건강 걱정하며 그 세상 속으로
걸어 들어간다 절룩 절룩

찌르레기로 살다가

한평생
찌르레기로 살다가
어느
하늘 밑
똥소레기로 날아오를 날 있을까

제주 섬 망쳐먹는
살찐 버버리들
돈
권력
거짓말
사기 치며
장단 치며
춤추며
술 마시는 세상
굴러다니다

멀리

나 죽어

호젓이

들판 한구석에 묻히면

어디쯤 혹여

도체비 고장으로나 피어날까

흔들흔들 파랗게

꽃

씨

하나

만들어

찬바람에 흔들리다

파랗게

이리저리

불려 다니다

또

어떤 썩을 땅 만나 어처구니 환생이나

정치예술가들

자꾸 거짓말을 잘해야 뛰어난
예술가가 될 수 있다 한다 그러나
정치는 예술이 아니다
거짓말 잘하는 정치예술가들
법 위에 산다 거짓 삶 속에서
이뤄내는 부와 권력과 명예
그것이 예술가들이 추구하는 오늘날
꿈이 되어가는가
정치예술가가 못된 우리들
어차피 한 번씩 죽을 우리들
작품 한 편 제대로 못 써놓고
저승길 노잣돈 한 푼 못 모은
우리들은 슬프다 어정어정 우리들만

탐라계곡(耽羅溪谷)

누룩뱀이 기어간다
팔색조가 울고
긴꼬리딱새는 집을 짓고
청띠신선나비 날아오르고
넓적사슴벌레
장수풍뎅이 서툰 날갯짓
흰눈썹황금새는 죽은 나무속에서
곤줄박이 낳은 알을 품고
자기 새끼로 알아 사랑으로 키워내고
큰오색딱따구리
저 장엄한 날아오름을 보아라
마음 놓고
가막살나무 하얀 여름 꽃 피워낸다
온 세계 관광객들 오가고
줄줄이

변함없이

너도 없고 나도 없고
때로
너만 있고 나만 있고

아내 위 수술 받으러 입원한 날
오지 말라고 그만치 당부했는데
민정이가 왔다 격려금까지 챙겨서
그냥 수술 잘될 거라고 손 흔들면서 갔다

수술 받는 날 문자메시지가 떴다
〈 겁보 언니, 떨리세요?
마음 편하게 먹고 힘내세요!
다 잘될 거예요. 언니 파이팅!
민정 〉

50년도 더 넘게 변함없이
지내온 그리움
그걸 우리는 우리 시대

참인간관계라고 하는가
한번 먹은 맘
변함없이
언제나
어디서나

다시 당신을 만나다

헛꿈속을 헤매어 다니다가
다시 당신을 만나다 새벽이여!
새파랗게 수평선 넘어 당신은 날아와
내가 사는 동네를 황금색으로 불 지르는구나!
꿈속에서 깨어나지 못하는데

그 큰 부드러운 손으로 당신은 잠잠히
나를 흔들어 깨우는구나!
천국에 온 줄 알았지
새들이 날고

나뭇가지에서 바람이 깨어나 나뭇가지 흔들고
햇살 쏟아지는 소리 평화
가득 충만을 터뜨리고
꽃들이 눈을 뜨고

패랭이꽃은 보랏빛으로
장미꽃은 빨갛게

민들레꽃은 노랗게

와! 아름다운 세상!
내일도 만날 수 있을까?

그림자 지우고

바닷물
잦아드는
만 리 밖

이름 없는 잡초들 자라는
황토
노을 길에
완전히 타버린
빈 바람에 걸려
하늘과 바다
수평선 되어 사라지나니

겨울날
굶어 죽은
참새 한 마리

더 깊숙이
적막 만드는

그곳

구름 물결 이는 소리
깊어갈 때

거기
있고 싶어
그림자 지우고

아직도 시를 쓰고 계십니까

젊은이들 운동하고 글로벌 시대
자기네 세상 만들었습니까
늙은이들 늙은이 대접받아
방 안이나 산길에서 저물고
이름조차 기억하지 않습니까
늙은이들
모두
망각의 대상
젊은이들 시를 늙은이들 읽어도 모릅니까
늙은이들 쓰는 시는 구닥다립니까 그래도
시는 써야 하는 것입니까 그래
아직도 시를 쓰고 계십니까
백 년 안에 아니면
백 년 후에
사라질 한글로
구태여 그렇다면
번역하려고 애쓸 것 없이
영어로, 프랑스어로, 중국어로, 독일어로, 일본어로,

스페인어로, 이태리어로 써야 합니까

그때

시는 무엇입니까

고치밤부리 쫑쫑쫑

운동화를 신어본 적이 없습니다
크레파스로 그림을 그려본 적이 없습니다
고치밤부리
아무 나뭇가지에 앉듯
골목길을 마음대로 날아다니듯
맨발로 동네방네
거리를 싸다녔습니다
고치밤부리 흘레붙어 쫑쫑쫑
날아다니는 그 골목길
강아지풀도 구석구석 키를 키우고 그러나
한 번도 슬픔을 생각해본 적이 없었습니다
날고구마 파먹으며 끼니 때워도
그것이 가난인 줄 전혀 몰랐습니다
코흘리개 시절
노곤한 낮잠에 취해 고치밤부리
대죽낭 이파리에 빠알갛게 앉아 졸 때도
떨어진 적이 없었습니다
고치밤부리 잡으며

마음껏 날아다녔습니다
고치밤부리 되어

승천(昇天) 연습

깜박 깜박
졸면서

하늘로 올라간다
올라간다 하늘로

하르르르
허공 밟고

올라간다 미끄러지며
이 하늘 저 하늘로

찢어진 구름 타고
오늘도

엄마가 사는
하늘로

내비 아가씨

"전방에 과속방지턱이 있습니다."
세계에서 가장 정직하다는
내비 아가씨가 말한다
어디로 가지?
과연 방지턱이 잇따라 있다
갈 곳이 없다 방지턱 건너
그래도 가야 한다 내가
건너야 할 수평선은 이미 건너왔다
그래 어디로 가지?
말이 없는 내비 아가씨

바람뿐

사람도
짐승도
꽃도
새도
없다
아무것도

정체 모를 그림자가 하나
그 그림자의 빛

강을 지어내고
강물을 지어내고

눕는다
일어난다
달려간다
사라진다

바람뿐
없다
아무것도

그렇게

TV에 불쑥불쑥
얼굴 내미는 잘난 이들
털어 먼지 안 나는 사람은 없다고
자식 교육을 위해 주거지를 옮겼다고
검은돈을 받은 것은 사실이지만 돌려줬다고
아파트나 땅을 법 어겨가며 산 것은
아내의 투자라고
군대에 안 간 것은 안 갈 이유가 있어 안 간 것이라고
깨끗하다고
정직하다고
그렇게

추수 끝난 뒤

논밭은 쓸쓸하다
빈 바람만 누렇게 나자빠져 있다
가난 가난 농부들 발걸음
잦아들고 늦가을도
도깨비바늘 가지에
앉아 누런
도깨비바늘 된
짝 잃은 밀잠자리 하나
껌뻑 껌뻑
흔들리고
추수 끝난 뒤

별꽃 난닝구

별을 꿈꾸던 어린 날
동무 따라
처음엔 콧물 묻은
소매에 별꽃 물들였네

점점 더 욕심이 생겨난 나는
잔뜩 별꽃을 뜯어다
흰 난닝구 벗어
가슴 자락, 등에도
물들였네 멋졌네

저녁 때
엄마한테
혼이 났네

별꽃 난닝구는 화난 엄마가
새카맣게
물들여버렸네

별똥별 웃음소리처럼
검정 난닝구 입은 나를 놀려먹던
동무들 웃음소리 아!
그 누추한 즐거움이
60년도 더 지났는데도
귓속에서 호젓이 감돌고
어두운 밤 별빛에 젖어

겨울빛

저녁 햇살 밀려오는 소리
이미 꽃은 지고
어느새
방 안 가득 비집어든
늦가을
그 충만 속으로
슬그머니
들어가면
하늬바람 거세어가는
겨울빛만 하늘
가득
새하얀 세상이

소원

"할아버지!
추석 달 보셔요!"
구름 사이로 추석 달이 보인다 둥그렇게
그래 소원을 빌어야지
열 살짜리 유빈이가 소원을 빌었단다
"할아버지, 할머니, 아프지 않게
오래오래 사시게 해주세요!" 하고, 아아!
열 살짜리 손녀에게까지 소원이 되어버린
한 뼘
병든
우리 목숨

멍텅구리의 한나절

통풍으로 다리 아파
마음대로
걸을 수 없다
베리오름〔別刀峰〕 산책길

바다 화북(禾北)
찬바람에 떨며 부르는
순비기 보랏빛 노래

들을 수 없다
잡풀 어우러져 사는
서로 다른 잡동사니 마을

팍팍
메마른 산길
방아깨비 날갯짓 소리

땅속에서 꽃 피우는 꽃도

가을비 내린다
만물이 고개 떨군다
봉숭아들 이파리는 싱싱하지만
사르르르
가을비 속으로 꽃잎 떨군다
떨어지는 게 어디
봉숭아 꽃잎들뿐이겠느냐
아름다운 건 모두 떨어지느니 그러나
땅속에서 아무도 몰래
꽃 피우는 꽃도 있어
메마른 세상
메마른 눈물 속
눈물 꽃을 피워낸다
제주 섬에서
코멜리나 벵갈렌시스*

* Commelina Benghalensis L., 국명 미정, 2010년 제주시 한림읍 금릉리에서 한국에서는 처음으로 발견되었으며, 땅속에서 피는 꽃.

님에게

님이여! 내 꿈으로 지은
꽃신 신고
가라 만 리 밖
서천 꽃밭
그리움이 사는 나라로

님이여! 나도 가리
내 눈물로 지은
바지저고리 입고
텅 빈 그
서천 꽃밭
무지개 속으로

하염없이
그대 찾아

권태

달빛 새하얗게 잠드는 집에 살았으면
밤 밤
총 총 빛나던 별들 사라져버려
아파트엔 전깃불만 총 총
평수 넓은 방만 찾는
읽을 책 한 권 없는
스마트폰 시대
달빛 새하얗게 잠드는 집에 살았으면

굴렁쇠가 굴러가는 동안

굴렁쇠가 굴러가는 동안
내 유년은 안녕하십니까 때로
굴렁쇠가 고장이 나서 쨍그랑
내 유년의 마당에서
나뒹그러지면 나의 유년도
고장이 나서 댕그랑 나뒹그러집니까
그래 아픕니까
굴렁쇠가 뒤엎어지면
짚신
지카다비*
검정 고무신
운동화
동글동글 동글
굴렁쇠가 굴러가는 동안
그러니까 언제나
안녕하십니까
지구도 굴러가고
집도 산도 바다도

강물도 굴러가고
온 세상이
웃음 세상
가랑잎 내리는
내 유년의 마당에서
굴렁쇠는 오늘도
굴러가고 있습니까

* '노동자용 작업화'를 뜻하는 일본어.

1960년대 나의 서울

문득 새벽 3시 56분에
홀로 깨어 꿈꾸다.
—2011년 9월 8일

풍경 1

그림자가 한 번
지는 사이
세상은
한 번 저물었지!
젊은 날
어디
사랑에 미쳐보지 않은 놈
있나?
그녀가
온 세상 아니었나? 아니라고
나와보아라!

풍경 2

처음
한강 만난 날
우리는 소곤댔다
저 강물에 둘이
퐁당 빠져
아무 데로나
흘러갔으면
땡전 한 닢 없었다
우리에겐

한강이 말했다
촌놈들!
느이들이 과연
눈 뜨고 코
베일 날 없을까?
서울 살며

풍경 3

냄비우동 먹다
우리는 웃었다
하얀 이가
하얗게

돌체에서
차이코프스키 듣다
하얗게 배가 고파
하얗게

풍경 4

샹송 들으며
하릴없이
명동에서 놀다

남산에 오르면
동서남북
서울은 온통
외로움의 바다였다
아는 녀석
하나
없고

풍경 5

만원 버스에선 언제나
욕지거리들 튀어나온다
—야!
　인마!
　우리가 장작인 줄 아냐! 그만 태워!
다음 정거장에서 버스는
급정거한다 우리는

쓰러진다 앞으로
일제히
승객은 꾸역꾸역
올라오고
— 오라이!
차장 아가씨 목소리는
축축하다
급출발하면
쓰러진다 뒤로
거기서 약삭빠른 녀석들
돈을 훔치고
헛사랑도 훔치고

풍경 6

이문동 살 때
주인아줌마가 말했다

웬 총각이 학상을 찾아왔다고
기영이었다
불문학 안 하고 영문학하겠다고
올 B학점 이상이면 전과가 가능하니
영문학하겠다고
읽던 갈리마르 포켓판 랭보 시선집
두고 갔다 이제도 지하실
내 책방 어딘가에 아!
누렇게 꽂혀 있을 그 시선집

풍경 7

버스 창가 자리에 앉아
창문 열면 시원했다
출발하는 버스에선
손목시계 찬 손
창밖으로 내놓자마자

잽싼 소매치기
시계 뺏고
얼굴 없이
도망가는 뒷모습
본 적 있니?
동대문 시장
버스 정거장 근처

풍경 8

비원
자작나무
그 무성하던
이파리
다 떨구고
그림자
접고

있다
재민이와
둘이서

풍경 9

통금에 걸려
싸구려
여인숙에서
하룻밤 지새울 때
밤 깊어도
잠은 오지 않고
옆방 녀석이 말한다
—이 세상 여자들
  모두 내 거였음 좋겠다
그의 여자가 숨넘어가며
대꾸한다

—아이! 몰라!
　깍쟁이!
아기자기
벽 너머에서
밤새

풍경 10

이상한 일이지
잡혀가는 이들이 전혀 나쁜 사람
아니다 그럼
잡아가는 사람이 나쁜 사람
일까 아니다
이상한 세상이다
그 시절

풍경 11

수상한 일이지
냄비우동 한 그릇에
노랗던 하늘
베토벤의 「영웅」 듣는데
검은 안경들 자꾸만
명동으로 몰려들었다
마을 이름처럼
밝지 못했다 명동은
드디어 검은 안경
행렬에 터진다

풍경 12

세택이 서울 법대 다닐 때
하숙하던 홍릉 버스 종점

나 없을 때
집 잘못 찾아 헤매어 다니며
눈길에서 혼났다고
남긴 메모 받은 일 부스스
망각 속에서
문득
깨어
눈길
미끄러지며

풍경 13

명동 나가면
음악도 듣고
다방 설파에 들렀다
돈이 별로 없었다 나는
대학생이었다

학원사에서 밥 먹던 종원이 형
그러나 커피값은 내가 내었다
언제나
버스비 없어 걸어간 적도 있다
신설동까지

풍경 14

종원이 형과 둘이서
시인 오상순 선생 만나러
청동 다방엘 갔다 자욱한
담배 연기 속
여대생들이 몰려 있었다
양담배 잇달아 피워대고 시인 오상순 선생은
까르르 까르르 웃음 끝나자
우리 차례 왔다 처음
인사드렸다 시인 오상순 선생은

아무 말도 없었다 나는
군대 갔다 갓 제대한 문청이었다
이튿날 다시
찾아갔다 그때
시인 오상순 선생이 말했다
—문 군, 왔나!
아!

풍경 15

젊은 날
나의 서울

가슴 뛰고
목마르고
말 못 하고

걷고
뛰고
버스 못 타

꽈리

꽈리 부는 입술이
바닷바람보다 빛난다 상기된 볼이
까루 까루 소리 만드는 꽈리
골목길 내달리며 까루 까루
늦여름날
까맣게 탄 계집애들
빨강 꽈리 속에서 노랑 웃음들
쏟아진다
까루
까루
배고파도 보인다
저기

청진동(淸進洞)

술 취한 밤
이문구와 누가 싸운단다 청진동엔
원조 해장국집들이 산다
그 해장국집들 흔들린다
가난뱅이 출판사들 몰려들고
밤마다 불어나는
술꾼이 된 문인들
유신 시절
통금에 쫓기며
나는 너의 적이 아닌데
싸운다

국보 1호 숭례문(崇禮門) 불타부렁

한 시인이 폐허됨을 슬퍼하고 안타깝게도
어린이들까지 추모 행렬 짓는구나
추모 게시판엔 눈물 나는 추모사들
보아라 한 어린이가 묻고 있다
"복원해도 6백 년
 국보 1호의 가치가 없잖아요?"
2008년 2월 15일
타버린 숭례문 누각에서 회색 모자
눌러 쓰고 흰색 마스크로 얼굴 가린 채
현장 검증하며 채 모 씨(70)는 주장했단다
"나 하나 때문에 없어져버렸으니 안 좋다.
인명 피해는 없었다. 문화재는 복원하면 된다."
가짜도 진짜도 그 가치를
모르는 세상이여! 돈밖에
삶을 모르는 참담한 세상이여!
참으로 부끄러운 우리 모습이여! 차라리
불 질러버려라! 가짜 세상을!

9월

한라산 동쪽 기슭
무심히 밟는
하늘소 잔등에도 파랗게 떨어져
빛나는 가을 하늘
피 뿌리 풀꽃들
이미
시뻘겋게 떨어지고
엷은 홍자색
제주달구지 풀꽃도
둥글게

느티나무

1

처음 만났을 때
죽은 줄 알았다 빈 가지들
빈 가지에 어느 날 새싹을 잊었다
생각난 듯 피워낸다
며칠 초록 봄바람들
불러 모은다 산들 산들
나뭇가지들이 초록 춤을 춘다
까치들이 날아든다 까치 까치
초록 봄날을 만든다

2

여름에 비가 별로 안 와
숨 말랐다 이파리들
낙엽도 못 만들고

나뭇가지에 그냥 매달려
찌글 찌글 누렇게
안 떨어지려
버틴다 찬바람이 불어도
누가
지상에 떨어지는 것을
좋아하랴!
그러나 떨어져간다
힘없이
우수수 우수수수

두 팔 벌린 허수아비

아름답다

길 위에서

길 찾아

평생

잡풀들 사이에서

누더기 시간에 졸고 있는

풀 향기 그림자

속

두 팔 벌린 허수아비

빈손

풀메뚜기

꽃들은 벌 나비들과 이별하고
땅 위로 떨어져 눕는다
내년에 만나자고
그때
땅속에 알을 다 낳은
풀메뚜기 한 마리
죽음을 향해
팔짝팔짝
날아오른다 날아오른다
어느 늦갈 오후

부엉 부엉 아침을 일으켜 세우며

부엉 부엉 아침을 일으켜 세우며
울음 운다 솔부엉이가
금빛 울음 운다
겹겹이
동서남북 어깨 비비며
자그만 산들
출렁인다 새파랗게
곤지암
그 절
어느새
종소리
그치고
주지 스님 없어도
드문드문
발걸음 그치지 않고
낯선 외국종 개들만
깽깽 울음 운다 장작불
오리구이

칼국수 보리밥 먹으러
승용차들
빵빵 2차선 아스팔트길
줄줄이
이어져
저녁때까지
금빛
솔부엉이
울음 운다 별일 없이
하루가 저문다
부엉 부엉

들국화

들이나 산이야 깊을수록 좋지요
이름 없이 살아도 이름 있는
들새들 벌 나비들 찾아와요
깊숙이
외진 곳에서
꽃 피우며
노랗게
산다는 건 축복이지요
아무도
아무것도
몰라도

꿈속에서 모기를

내 얼굴 향해 내 피 빨겠다고
앵 날아드는 모기 나는
손바닥으로 쳤다
죽었을까
꿈속을
빠져나왔다 빰이
여태껏
얼얼하다

홍시

메밀잠자리 서너 마리
누렇게 날아다니는
가을날

비쩍 마른 감나무 한 그루
홍시들 가지 가지
찢어지게 익어가고
그늘에 들면 몇 없는
이파리 한 장 한 장 울긋불긋
바람 만들고

홍시 따 먹는 것보다
홍시 따 주시던 외할머니
외로운 생각에 멍청하게
바라만 보고 있었네

외할머니 얼굴 보듯
그때

높은 가지에서
투욱 떨어진다 홍시 하나
서늘하다

나 죽어

살아생전 별일 못 했네
나 죽어
흙 속에 묻히고 나면
그냥 썩어
흙이 될까 하얗게
뼈다귀 씻어내며
흙은 흙 속에서 빛나고
컴컴한 세월 지나면
망각 속에 풀풀 풀리게 될까
고구마나 감자처럼
무나 당근처럼
하얀빛으로
붉은빛으로
사람들 건강하게
먹을거리 하나
장만해줄 순 없을까
흙이라도 되어
반짝반짝 빛나는

망각을 요리하는
세월을 꽃 피워낼 수는 없는 것일까

사라져가는 것들은

사라져가는 것들은 아름답다 합니까 어째서

사라져가는 것들은 아름다운 것입니까 모두

이름 없는 잡풀들 사이 뚫린 길이 있어

떠도는 풀 향기에 취해

시름시름 졸다

한 점 누런 시간 잦아드는

길 찾다

길 되어

사라져갑니까

고치밤부리 한 마리

빈 가을날에

오른발, 왼발

—토미 드 파올라에게

아! 허리 다쳐 돌아눕는 것조차
힘겹다 한 번만 걸어봤으면 아!
걷는 것이 이 세상에서 제일 부러웠네
오른발, 왼발 손잡고
걸음마 가르쳐줄 손자
멀리
있고
손자가 내 손 잡거나
내가 손자 어깨 잡거나
오른발, 왼발
걸음마를 연습할 수 없었네
허리 수술하고 병실 침대에 누워 있을 때
칠십 평생 걸어 다니던 길들
한 걸음도 걷지 못한다
얼마나 부러웠나
두 발로 걸어 다닐 수 있다는 거
한 달이 넘어서야 겨우
한 발자국씩 걸을 수 있었네, 놀라움이여!

아! 모두
걷기 세상
너무나
아름다웠네
오른발, 왼발
당신 동화가 내게
꿈을 열어주었네
오른발, 왼발
오른발, 왼발
걷고 있네
꿈속에서
꿈길을
오늘부터 아!

조반(朝飯)

보리밥이나 배춧국을 더 이상
먹지 않는다
빵이라는 밥과 커피
국으로 먹는다 뚝 뚝
피가 떨어지는
스테이크를 먹는다 변비로
죽을 고생한다

와이셔츠 입고
넥타이 매고
양말 신고

진달래꽃 밭으로 간다
진달래꽃이 피고 있다 분홍빛으로
그 분홍 꽃빛을 따 먹는다 눈부시게
헌 구두 벗고

슬픔 구워 먹기

슬픔을 슬퍼하다 구워 먹기로 했다
하얀 눈물 다 구워 먹고 깊은 한숨도
30년 전 슬픔도
맛이 없기는 마찬가지
하늘님이 돌아가셨다는
근래에 다시 생긴
거짓말쟁이 큰 슬픔 하나
구워 먹는다
슬프게
맛있게

헌 자전거를 타고

잘그랑 잘그랑 하늘이
부서져 내립니까 잡식동물들
번성하는 이야기 쓸쓸하게
헌 자전거 타고
프레임에 하늬바람 오르르
불어올 적 고개 숙이고
내리막 저무는 길을 덧없이
헛생각들 굴리며 달려갑니까 쓸쓸하게
까마귀가 울고 있습니까
오리나무 가지에 나앉아
까악 까악
왼쪽 오른쪽
페달 밟으며
잘그랑 잘그랑
하늘이

귀 하나만

나 죽어
다 썩어도
매미 소리 들리던 귀 하나만 있었으면 추적추적
늦가을날
대죽낭에 찬비 걸리는 소리
첫 싸락눈 오는 소리
아아! 동백꽃 피어나는 소리
노랑 꽃술에 취한 일벌들 콧노래 붕붕붕
동박새 날개깃에 이는 소소리바람
드뷔시 음악 제쳐놓고 파랗게
출렁이는 바닷소리에 귀 밝히리
늦은 봄날 햇살 쏟아지는 황금빛
사르르 복숭아꽃 잎 지는 소리
뙤약볕에 허리 휘어지는 배고픈 참새 소리도
짹짹 두어 마디 들으리
귀 하나만 있었으면

시냇물

귓바퀴 간질이다
하얗게
시냇물
졸졸졸
한강에 이를까
서해로 흘러갈까 어느 날
바다가 될 수 있을까
모락산 자락에서
흐르기 시작해서
끝 간 데 없이
자줏빛 안개비에 젖어
소록 소록
부전나비 날고

가만히

마른천둥 한나절 울었습니까
무서웠습니까
아무런 일도 일어나지 않았습니까
온종일
가만히
누워
눈 감고

뭐가 보이니?

뭐가 보이니? 거기선

여기가 보이니? 여기선

거기가 안 보여 하늘도 땅도

뭐가 보이니? 그저 캄캄해

오늘도 이름 모르는 새가 날아왕 울당가곡

오늘도 이름 모르는 새가 어디선가
날아와서 울었습니다 그 새는
나를 보고 울었습니다
이웃집 아파트 주차장 한 녘에 서 있는 자그만 동백나무
자그만 가지에 앉아 울었습니다 자그맣게
어디서 본 듯한 그 새
노랑 부리에 회색 몸매
아름답지는 않지만 포르릉
새하얗게 날아간 하늘
꿈속에서 바라보느니
뭐라는지 그 울음소리
알 수 없지만
헛꿈
한 장

어떤 오두막 풍경

오매기 마을 자그만 산기슭엔 금방
허물어질 듯 한 오두막이 한 채
길섶엔 보랏빛 달개비들 무리 지어
살고 있다 한 뼘 길을 내어
산길로 간다 때로
이 집에 들르는 한 사내
아직은 오십대 중키에 정정하다 마당도
없는 집 뜰 주위엔
굴참나무, 상수리나무
담쟁이덩굴 기어오르고 밤나무,
떡갈나무, 개암나무, 단풍나무,
좀가시나무, 개가시나무 단풍 드는데
밤송이, 도토리
수북이 떨어지고
집 안엔 인적이 없다
태풍 '매미' 때도 '볼라벤'이 휘몰아쳐도
허물어지지 않았다 감히
가까이 갈 수 없다 계속

안녕하실까 궁금하다
흔히 키우는 개 한 마리
없다 도둑고양이, 들고양이 들만
들락인다 까치가
집을 짓고 참새들
모여 산다 이 오두막 주인은
어디 갔을까
앓고 있는 것일까 아니면
혼자 죽어 썩으며
헛꿈이나 꾸고 있는 것일까
지난여름은 매미들
사랑 노래에 천지가 새파래졌다
이 오두막을 찬란하게 했다
그 매미들 노래만 남겨놓고
어디로 간 것일까
재잘거리는 멧새 울음만 깊어가고
바람 한 점 없다 시간도
한 장 수채화

만추(晩秋)

흐르던 냇물이 숨죽였나
흐르지 않는다 단풍나무 은행나무
졸참나무 낙엽들만 소보록이
쌓여 있다 늦가을빛으로
졸졸 중얼대며
흐르던 냇물이 숨죽였나

게 꿈

바닷가에 서서

게 꿈꾼다

게 한 마리

나를 끌고

다닌다

나에게서

사라져간다

밀물 때

부글부글

없다

고래상어 '해랑이'는 어느 바다를 떠돌고 있을까

한 어부가 쳐놓은 그물에 2012년 7월 1억여 원짜리
고래상어가 두 마리 잡혔다
평등을 부르짖으면서도 차별화를 학문하는 사람들
이름 지었다
'파랑이'와 '해랑이'
'파랑이'는 만성신부전증으로 제주 섬
섭지코지 아쿠아리움 '아쿠아플라넷 제주' 수족관
에서
두 달 살고 죽었다
'해랑이'도 죽을까 봐 사람들 겁이 나서
2012년 9월 6일 성산포 앞바다에 풀어놨다
자유여! 자유롭지 못한 인간들이
목숨 바쳐 찾아다닌 그리움이여!
고래상어는 살고 있을까 그사이
수족관에서 살며 구경하던 사람들 얼굴이나 기억
할까
꿈꾸는 제도 만들어 이어도 찾는
사람들의 자유는 어디에 있기는 있는 것일까

'해랑이'란 이름으로 태평양
어느 바다에서 살고 있을까
아니, 사람들 지어준 그 이름 이미 내버렸는가
이름도 내버리고
자유여! 아아!
그래 너는 지금 참으로 자유로우냐
고래상어 '해랑이'는 어느 바다를 떠돌고 있을까
마침내
2013년 1월 22일 영영
'해랑이'의 행방을 알 수 없게 되었다
몸뚱이에 붙인 태그가 떨어져버렸다

제주 까치

쉰세 마리 방사했다
30년 만에 9만 6천 마리로 불어났다
제주 까치가 되었다 아아!
까치 한 마리도 살지 않던 섬마을
가난하고 불행했다
까치가 살면, 까치와 살면
흥부네처럼 행복할 줄 알았다
요즘 제주 농부들
까치들 보며 크게 한숨짓는다
농사지은 밭이 엉망이다
제주 까마귀들 살던 땅들 몽땅 차지했다
나뭇가지마다 불행한
즐거움의 집을 짓는다
아주 튼튼하게 제주 까치들 그러나
요즘엔 사냥꾼들 총에 맞아 죽기도 한다
더 이상 길조 대접을 못 받는다
잘코사니!

바닷바람

삶이 고달프면 바닷가로 나오라
그곳이 동해거나 서해거나 남해거나
제주 바다가 아니어도 좋다
수평선은 희미하지만 짙푸르지 않아도
언제나 눈 떠 있고
상관없다
흰 구름 두어 점 거느린 파란 하늘
새파랗게 부는 파란 바람
부글부글
불타는 가슴
어루만져줄 바닷바람 한 자락만 있으면
그래
아무 바닷가에나 가게 되면
그때
그대여! 말라르메에게서 도주하라
한글로 꿈꾸며 노래하라

나직이

나직이
썰물 소리 차돌에
써는 저물녘
서늘하게
바닷바람
불어오게 하십시오
그 바람 속
한 방울 눈물로
파르르르
불려가게 하십시오
한 잎 바람으로
나직이

신갈나무 아래에서

투욱 투욱
도토리 떨어집니까
도토리 줍습니까
집을 짓는 까치들
신갈나무 가지에 매달려 있는
도토리들
흰 구름이 지나갈 때
문 열고
활짝
찬란하게 터뜨립니까
투욱 투욱
땅 위로 떨어지는 내 유년의
오랜 기다림들
신갈나무 아래에서 하나 둘
줍습니까 고 자잘한 그리움들

그대로

고독한 사람들
산으로 간다
산 되는 연습한다
한 줌 산 되어
죽어서야 산에 묻힌다
산은 그러나
언제나
그냥 있다
거기에
말없이
그대로

시대와 꿈

—제주에서 영월까지 혹은 영월에서 제주까지

1. 단종(端宗) 왕릉

이 아름다운 세상에 나서

내 거니

네 거니

탐욕이나 키우다가

아름다운 꽃 한 송이

지어내지 못하고

맨발로 죄인의 길

나는 가네

그동안

미워하며

사랑하며

질투하며 그래도

따뜻한 악수 나누던

벗님네들

이 세상은 그들이 있어

조금 덜 쓸쓸하였네

수양대군도 욕망 속으로 사라지고
저마다 꽃들이 지네 그러나
한 왕조가 저물었다 해도
이 세상은 멸망하지 않으리
어린 임금 하나 죽었다고

2. 시대의 노예들

그들이 지켜낸 것은 무엇이었을까
조선왕조였을까
가문의 영광이었을까
학문의 깊이였을까
세상 사는 법을 만드는데 얼마나
평등했을까 그들이
지어낸 양반과 중인과 상놈
유배나 다니는 잘난 벼슬아치
가는 곳마다 뛰어난 학문과 예술

제자들 기르고
정치는 왜 했나
인간의 삶이란 원래 다중적인 것
옳은 것도 옳지 않은 것도 없다 다만
정치가는 없고 파당만 있어
나만 옳다는 정치판이 오늘날까지 꽃피어난다
우리는 무엇을 지켜내어야 된다는 것일까
한국주의?
다수민주주의?
입에
게거품 물고

3. 명당(明堂)

아직도 종문 사회가 있다는 것은
우리를 몹시 기쁘게 합니까
나를 낳아준 할아버지

할머니가 있다는 명당은 우리를
얼마나 기쁘게 합니까
마침내
제주 – 영월 옛 세상 구경 마치고
집에 와서
쓰러져버렸습니까
안 쓰러진 친구들
문병 오가고
사랑하는 아내와 식구들과
하루 3만 원짜리 입원실 문이 닫히고 있습니까
열리고 있습니까
제주 119 덕분에 겨우 살아나서 나는
집으로 갑니까
한 왕조 확 뒤집어
새 임금 세우려
말 타고 바람처럼
꿈속에서

4. 알몸으로 알몸의 말 타고

이랴!
알몸으로 알몸의 말 타고
허허 천지 벌판
숱한 적진 뚫고
바람 속을 내달리다 날아오는 화살 속을
그 속에서 회초리는 반역의 하늘 가르고
이랴!
양쪽 배를 걷어차며
내달리다 적진 속을
이랴! 찌그러진 무지개 속으로
역도들 목이 추풍낙엽으로
떨어지는 무지개 속으로
이랴!
알몸으로
알몸의 말 타고

내달리다 한 장 꿈속으로 다시

이랴!

후생(後生)의 노래

전생으로 갔다가 후생을 만났다
거기에 현생은 없었다
나를 파내어 허풍에 날렸다 나는
날아간다 날아가면서 쳐다보니
하늘이 없다 내려다보니 땅도 없다
있는 것을 찾아보니 아무것도 없다
날아가는 나도 없다
나도
아아!

산수유 가지에 걸려 우는 가오리연

2015년 1월 15일
일산 문화공원 산수유 가지 새빨간 열매들
햇볕에 새빨갛게 빛나는데
그 높은 가지에 걸린
가오리연 하나
꼬리 길게 늘어뜨리고 찬바람에
걸려 운다
파르르르
걸려 운다 연 날리던
아파트 아이들 없다
까르르르
웃음소리
건강 찾아 산책하는 노인네들만
절뚝 절뚝 오가고
문득 옛 생각
내 유년의 가오리연
빈 감나무 가지에 걸려
아직도 울고 있을까

제주도 제주읍 남문배꼇
빈 길 된
초가
후원
부근
어디?

우체통

젊은 날 새하얀 그리움이었다
명동 우체통이 중국 관광객들 휴지
쓰레기통 되어간다고
TV에서 떠들어대고
없애버릴 거란다
스마트폰 시대
편지 쓰기 따위는 구식이다
목마르게 그립던 편지들
그 친구들 편지 안 써도 되는
저승으로도 떠나갔지만
살아남은 우리
사라져가는 우체통 바라보며
하나 둘 사라져간다
말없이

쌀 씻기

보리밥만 먹던 시절엔 쌀밥 지을 줄 몰랐다
구정물이 나오지 않을 때까지
쌀을 씻는다 다섯 번 여섯 번
아니 새 쌀이 아니면 열 번이라도
박박 씻는다 쌀이
깨끗해야 밥맛이 좋다고
찬물에 손이 얼얼할 때까지
쌀을 씻는다 쌀을 씻는다
물 맞추기는 쌀과 물을 일대일로 넣고
진밥이나 고두밥이 되지 않도록
물을 조금 더 넣으면 된다
밥 짓는 거야 쿠쿠 아가씨가 일러줘
따라 하면 그만이지만 쌀 씻기는 깨끗하게
잘 씻어야 한다 이젠 제법 밥맛이 난다고
아픈 아내가 감탄할 때까지
몇 안 되는 내 독자가 맛있다고
말할 때까지
눈물을 씻는다

7월에 내리는 비

사방이 푸르름으로 출렁인다
경기도 고양시 강선공원
파도 끝에서 파랗게 바람이 분다
파킨슨병을 앓고 있는가 어떤 자그마한 할아버지
종종 참새 걸음으로 푸른 빗속을 걷고 있다
지팡이도 없이
왼손은 왼쪽 가슴에 모으고
오른손은 제법 흔들며
아주 짧게 깎은 머리
종종 종종 파랗게 비를 맞으며
무릎 위까지 허옇게 보이는 바지 입고
입술엔 빨간 루주 바르고 예쁘게
걸어가는 여학생 셋
우산도 안 쓰고
허연 물결 지어낸다 까르르르
벤치에 앉아
법정 스님 말하는 천당을
바라보는 나 온통 푸르름에 취해

12호 태풍 할롤라는 제주도 남쪽에서
북상 중이라는 뉴스 들으며 파랗게
7월에 내리는 비
맞으며

우리 동네 세탁소 한 아줌마

타악!
크게 들린다 크게
귀 하나 가득 흔들린다
세탁물 있으면 세탁하란 소리
햇볕에 타서 건강하게 빛나는 목소리
저 성실한 눈빛 아!
우리 동네 세탁소 한 아줌마
오늘도 '세'는 안 들린다
타악!
썰물 소리 깊은 날

옥잠화

아파트 경비 아저씨들은 부지런하다
그늘진 빈터에 옥잠화를 심는다
이번 새로 경비를 맡게 된 김 씨라고
먼저 자기소개 한다
김 씨는 말한다
빈터가 보기에 안쓰러워 그늘에서도
잘 자라는 옥잠화를 심는다고
심은 옥잠화는 기운 없이 목말라 이리저리 나자빠
지고
김 씨는 물을 길어다 뿌려준다
이튿날 옥잠화는 바짝 기운을 차렸다
어느새 옥잠화가 보랏빛으로 너도나도
허리 펴고 웃고 있다
또 어느새
옥잠화 진다 꾸부정하게
흙빛으로

그곳

시냇물 소리 열리던
그곳

눈에 덮여
안 보이네

여름날
시퍼렇던 그
물소리

하얗게
얼어붙었네

마지막 사랑 노래

젊은 날부터
나의 우주였습니까
나의 하늘
어딜 가나
언제나
만날 수 있었습니까
목이 말라도
배가 고파도
행복했습니까

마지막
고갯길 넘어가며
숨 막히며 오늘도
당신을 그리워합니까 반세기를
함께
살면서
사랑하고
때로

싸우면서
눈물이 마르도록
그 사랑 완성하지 못했습니까

저무는 날
나 병들어도
처음대로 눈뜹니까
하늘이 땅이
검게
누렇게

마침내
내가 꿈꿔온
나의 우주가 한 잎
영원이 그리움이 됩니까 아아!
사랑하는 이여!
꽃이 져도 아름다운 색깔 지닌 꽃씨 남기듯
새가 허공을 날다 떨어져 죽어도

새하얗게

허공 한 녘에

빛나는 슬픔 남기듯

존재의 시원에서 부르는 그리움의 노래

김진하

문충성은 당대의 시인들 중에서 어쩌면 가장 많은 시를 발표한 다작의 시인이며 한결같이 사랑과 이별, 그리움을 노래한 대표적인 서정 시인이다. 다작의 시인이라는 명명에는 방만한 생산성이나 안이한 감상에 빠진 시인이라는 오해를 살 여지가 없지 않다. 하지만 분명한 사실은 문충성 시인이 지난 사반세기 넘게 한국 현대시의 주요한 흐름을 주도해온 문학과지성 시인선에 가장 많은 목록을 상재한 시인 가운데 한 명이라는 것이다. 그의 첫 시집 『제주바다』부터 꼽으면 『마지막 사랑 노래』는 열한 번째인데, 이것은 같은 세대의 시인들 중에서도 두드러지는 경우이며, 그것만으로도 충분히 그의 창작에의 열정을 확인할 수 있다. 게다가 여타의 출판사에서 간행된 시집들까지 꼽으면 작품 수는 천여 편을 훌쩍 뛰어넘는다. 그의 본격적인 작품 발표가 『문학과지성』에 「제주바다」를 발표한 1977년 이후임을 감안하면 그는 삼십대 후반부터 40여 년을 꾸준히 시 창작에 바쳐온 셈이다.

문충성은 또한 당대의 시인들 가운데서 시집 제목이 가장 아름다운 시인으로 꼽을 수 있을 듯하다. 그가 내놓은 시집들의 제목을 보면 바다, 섬, 무지개, 바람, 눈, 허공 같은 친근한 자연의 물상들이 떠남, 그리움 등의 정서와 결합되어 애틋하면서도 낭만적인 지향을 보여준다. 게다가 자연 친화적인 대상들과 더불어 제주도와 관련된 이색적인 소재, 프랑스 시인들의 작품을 환기시키는 상징과 비유 등에 이르면 시적 전망은 한층 넓어져서 오로지 시집의 제목들을 되뇌어보는 것만으로도 풍성한 시적 공간으로 들어서게 한다. 그러고 보면 문충성은 문단의 조류와 무관하게 오로지 자기만의 목소리로 자기만의 노래를 줄기차게 불러온 서정 시인이라고 말할 수 있다. 그렇다고 서정 시인이라는 명명이 그를 자연 친화적 감상을 늘어놓는 통속적 시인으로 오해하게 해서는 안 된다. 그의 시는 개인의 상처가 역사적 재난과 만나고 유년의 추억이 공동체의 신화와 연결되며 세상사에 대한 비판이 삶의 근본적 허무와 어우러지는 영혼의 노래이기 때문이다.

문충성은 노래하는 시인이며 그러기에 본원적인 의미에서의 서정 시인이다. 시인은 무릇 노래하는 자이며 이 세상이 있는 한 시인의 노래는 영원히 멈추지 않는다. 시인의 모든 창조 작업이 근원적으로 영혼의 노래인 이상, 시인의 노래가 끝없이 이어지는 것은 자연스러운 일이다. 그때 시인의 노래를 두고 다작이니 생산성이니 하는 계량적 언사를 들먹이는 것은 시의 노래에 가장 반하는 일이다. 시인은 오직 노래할 뿐 노래를 수로 세지 않을 것이며, 시인은 오직 노래할 뿐 무슨 노래를 불렀는지 뇌돌아보지 않을 것이기 때문이다. 그러니 한 시인에게서 동일한 소재와 어조, 유사한 주제가 반복된다고 해도 그것은 시인의 영혼 깊은 곳에서 변함없이 솟아나는 노래의 진실성을 방증하는 것일 뿐이다. 요컨대 문충성의 시에서 동일한 제목이나 반복적 소재, 유사한 구절들이 빈번히 발견된다고 하더라도 거기서 진부한 되풀이나 감정의 퇴조를 발견하기는 어렵다. 시인은 같은 소재를 두고 비슷한 어조로 시를 쓰더라도 언제나 처음인 듯, 다시 시작하듯 노래한다.

시인의 노래가 늘 다시 시작되고 끝없이 이어지는 까닭은 시인의 영혼이 노래로 넘치는 만큼이나 역설적으로 못다 부른 노래에 대한 갈망과 결핍이 남아 있기 때문이다. 그가 문학과지성사에서 두번째로 낸 시집의 제목은 『섬에서 부른 마지막 노래』다. 사실 이토록 간절한 제목을 단 시집은 흔치 않은데, 이 '마지막 노래'의 극한성에서 시인의 침묵이나 시 세계의 전환을 예상해볼 수도 있었을 것이다. 실제로 시인은 여러 번 절필을 다짐하는 고백들을 내보여왔다. 그럼에도 평균 3, 4년 주기로 시집을 출간했다면 시인의 절필의 의지는 오로지 시의 완성에 대한 열망의 다른 표현으로 읽힌다. 그리고 이번 시집의 제목이 『마지막 사랑 노래』라고 하더라도 그것이 결코 마지막 시집이라는 선언은 아닌 것이다. 시인에게 '마지막'은 다만 시인이 도달하고자 하는 어떤 시 세계에 대한 절박한 한계 의식을 보여준다. 시인에게는 '그 먼 곳'에 대한 변함없는 향수가 있는데, 그것은 유년 시절의 자연과 신화의 세계이며, 정치나 역사 같은 속악한 현실과는 다르게 사랑으로 충만한 자유의 공간에 대한 지향이기도 하다. 하지만 시인이 꿈꾸는 그런 세계는 광포한 역사와 세상의 무질서에 의해 언제나 파괴되고 시인은 상처 입은 존재로 남는다. 그때 시인의 노래는 마지막이라는 안타까운 간절함으로 다시 시작된다.

한편 시인에게서는 항상 허무와 죽음의 의식이 떠나지 않는데 그것은 개인의 체험에서 기인한 것이면서 동시에 역사적 정황과 연동되어 있다. 그리고 그 허무를 극복하려는 의지는 행복했던 과거를 되살리려는 꿈이나 낭만적 이상에 대한 그리움을 통해 표현되는데, 시인의 노래는 바로 그런 계기를 통해 터져 나오는 것이다. 현실에서 이룰 수 없는, 혹은 지속시킬 수 없는 절대적인 사랑을 죽음 이후로 유예시키는 다음의 시는 어떤가.

님이여! 내 꿈으로 지은
꽃신 신고
가라 만 리 밖
서천 꽃밭
그리움이 사는 나라로

님이여! 나도 가리
내 눈물로 지은
바지저고리 입고
텅 빈 그
서천 꽃밭
무지개 속으로

하염없이
그대 찾아

—「님에게」 전문

서천 꽃밭은 제주 신화에 나오는 명부(冥府)의 한 세계로서 그곳의 꽃을 가지고 이승으로 돌아오면 다른 죽은 존재들을 환생시킬 수 있다. 그 상상만으로 그곳은 부활과 환생의 가능성이 주어진 이상향이다. 즉, 죽은 생명을 부활시킬 수 있는 꽃들이 피어 있는 꽃밭이므로 아름다

우면서도 신성한 위력을 가진 곳이다. 죽음과 허무에 직면한 시인에게 그래서 그곳은 꿈과 그리움의 공간이다. 하지만 그곳은 임도 가고 나도 갈 죽음의 세계이기에, 한없이 슬픈 시인의 눈물 속에 그려지는 무지갯빛처럼, 허상의 공간이기도 하다. 그곳은 실제로는 '텅 빈' 곳으로서 완전한 허무의 공간이다. 그러니 삶은 "하염없이/그대 찾아"가는 여정이며, 삶에서 꿈꾸는 이상의 세계는 허무 위에 그려지는 허망한 그림자일 뿐이다. 결국 삶이란 그렇게 허망한 그림자놀이다.

심리적 물상으로 보면 시인에게 그리움의 원천은 유년 시절에 사랑을 베풀어주던 외할머니와 어머니, 그리고 그들이 전해주던 신화의 세계다. 그곳은 가고 싶어도 갈 수 없는 세계고 이루고 싶어도 이룰 수 없는 이상이다. 하지만 자유로운 낙원에 대해 꿈꾸기를 멈추지 않는 시인은 상승과 추락, 그리움과 좌절을 끊임없이 경험한다. 그리고 그러한 좌절의 바탕에 강력한 허무 의식이 자리 잡고 있다. 도저한 허무주의와 죽음에 대한 시인의 강박은 이번 시집에서도 이어지는데, 「승천(昇天) 연습」은 죽음에 대한 몽상 속에서 죽음을 '엄마가 사는 하늘로' 돌아가는 것이라고 말하는 능동성을 보여준다. 하지만 시인은 전반적으로 현재에 대한 관조를 통해 이미지들만이 부유하는 부재를 그려내는 쪽에 치우쳐 있다. 사람도 짐승도 꽃도 새도, 그 아무것도 없는 현상의 관조에서 시인이 지

각하는 것은 바람뿐이다(「바람뿐」). 특히 그 시편들의 제목은 “가만히” “나직이” “그대로”와 같이 하나의 부사로 이루어지며 시인의 의식이 고요히 침잠하는 가운데서 떠오르는 이미지들을 그려내고 있다.

나직이
썰물 소리 차돌에
써는 저물녘
서늘하게
바닷바람
불어오게 하십시오
그 바람 속
한 방울 눈물로
파르르르
불려가게 하십시오
한 잎 바람으로
나직이

—「나직이」 전문

시인이 고요히 침잠할 때, 시인은 단지 관조만 하는 것이 아니라 적극적으로 자기 존재의 근원으로 돌아가고자 한다. 그때 시인에게 주어지는 것은 존재의 근원적인 소리다. “나직이/썰물 소리 차돌에/써는 저물녘”에, 즉 존재의 소멸의 시간에, 시인은 근원의 소리에 귀를 기울이며 그때 존재의 인식은 한 줄기 바람으로 단순화된다. 또한 "저녁 햇살 밀려오는 소리"(「겨울빛」) 속에서 바람은 새하얀 겨울빛 속으로 통합된다. 예전의 시들이 시인의 적극적인 꿈꾸기를 통해 상상된 공간들을 그려내었다면 이번 시집에서는 이와 같이 존재의 근원에 대한 탐구를 통해 소리로 수렴되는 특징을 보여준다. 그야말로 소리의 시학이라 할 만큼 이번 시집에서는 자연과 인간의 소리들이 시적 원천을 이룬다.

나 죽어
다 썩어도
매미 소리 들리던 귀 하나만 있었으면 추적추적
늦가을날
대죽낭에 찬비 걸리는 소리
첫 싸락눈 오는 소리
아아! 동백꽃 피어나는 소리
노랑 꽃술에 취한 일벌들 콧노래 붕붕붕
동박새 날개깃에 이는 소소리바람
드뷔시 음악 제쳐놓고 파랗게
출렁이는 바닷소리에 귀 밝히리
늦은 봄날 햇살 쏟아지는 황금빛
사르르 복숭아꽃 잎 지는 소리

뙤약볕에 허리 휘어지는 배고픈 참새 소리도
짹짹 두어 마디 들으리
귀 하나만 있었으면

―「귀 하나만」 전문

이 시에서 시인은 고유한 존재론을 전개하고 있다. 시인에게 존재의 시원이나 궁극은 오로지 세상의 소리를 듣는 귀로서만 정립된다. 노래와 말에 그토록 열정을 보이고 시각과 촉각에 민감한 시인의 여정에 비추어 보면 지난 시집 『허물어버린 집』에서부터 그려지는 소리와 귀의 존재론은 생의 최초의 계기로 회귀하려는 존재의 탐구다. 사람은 이 세상에 태어날 때 울음소리로 제 존재를 알린다고 하지만 울음은 순간이고 사실은 소리를 듣는 존재로 태어난다. 말하기에 앞서 듣는 것이 존재의 근원을 이루기에 죽음이라는 존재의 궁극도 듣는 존재로서의 귀일 수밖에 없을 것이다. 그런데 존재의 궁극에서 시인에게 들리는, 혹은 귀로 듣고 싶은 소리는 오랫동안 시인과 동반해온 울음소리나 웃음소리, 혹은 자연의 소리들이다. 그 소리의 원천들 하나하나가 존재를 세계 안에 정립토록 했던 것들인데, 이제 시인의 귀는 육신의 소멸 이후에도 자연의 소리를 들으며 (그의) 존재를 지속하고 싶어 한다. 그때 존재는 결국 귀가 아니라 소리 자체가 되지 않을 수 없다. 그 소리의 율동은 시인이 듣는 울음과 바람이 하나로 통일되는 우주의 음률일 수밖에 없을 것이다. 시인이 「그림자 지우고」에서 그리고 있는 바처럼, 바닷물 소리도 잦아드는 만 리 밖은 모든 것이 소멸하는 부재와 적막의 경지인데, 시인은 "구름 물결 이는 소리/깊어갈 때//거기/있고 싶어/그림자 지우고"라고 소망하게 되는 것이다.

요즘 귓속에서 울리는 여울물 소리
그 소리 따라갔습니다
울고 있었습니다 노래하는 소리로 듣던
젊은 날도 있었습니다
그 옆
버드나무 가지에 앉았던
박새도 울었습니다 박새 눈물이
떨어졌습니다 여울물 소리 위로
물소리 되어 흘러갑니다
지난 40년 내내
눈물이 말랐습니다 나는
울려 해도 울지 못합니다 싸구려
인공 눈물이나 흘리고 있습니다 싸구려

—「요즘 귓속에서」 전문

존재의 근원으로의 회귀를 꿈꾸는 시인에게 현재는 언

제나 부정성의 시간으로 주어진다. 그것은 시인에게 근원적인 상처와 상실을 준 역사의 시간이기 때문이다. 시인은 낭만적 꿈꾸기와 더불어 현실 비판을 담은 시들을 꾸준히 써왔는데, 그런 시들은 운문의 행갈이를 가지고는 있지만 대개 일상적 구어체의 리듬으로 전개된다. 이 시에서도 시인은 "요즘"이라는 지시어를 통해 시적 언술을 현재화시키면서 "노래하는 소리로 듣던" 근원의 소리에 대한 지향과 동시에 현실에서는 그 소리를 다시 들을 수 없음을 한탄하고 있다. 타락한 현실에 대해 시인이 부가하는 성격은 종종 "싸구려" "인공" '가짜' 등으로 나타난다. 존재의 근원에 대한 낭만적 지향이 강렬한 만큼 이를 가로막은 현실의 타락은 신랄한 비판의 대상이 되는 것이다.

존재의 근원으로의 회귀는 사실상 불가능한 시인의 꿈일 것이다. 정신분석학적으로 본다면 시인에게 낙원의 상실은 유년기의 상처와 연결되어 있다. 시인은 언제나 어린 시절로 되돌아가서 외할머니의 신화의 세계에 머물고 싶어 한다. 하지만 외할머니의 신화의 세계는 아름답기는 하지만 아버지가 부재하는 허구적인 공간이기도 하다. 시인이 아버지의 부재를 구체적으로 언급한 것은 지난 시집 『허물어버린 집』에 이르러서이다. 거기서 「언제나」를 자전적 고백으로 읽을 수 있는 까닭은 그의 빈집의 체험이 반복적으로 고백된 유년기의 근원적 상처라는 점, 그리고 그 이유는 태평양 전쟁 막바지에 아버지가 정감록에 나오는 길지를 찾아 제주를 떠남으로써 시인은 "언제나 혼자" 남았다는 점에 있다. 그때 잠자리와 참새 같은 자연물들은 시인과 함께 하는 분신으로 영원히 마음에 남게 된다. 그리고 아버지의 부재가 역사적 사건과 이어져 있기에 시인은 아버지의 세계인 현실에 대해 부정적이며 역사와 이념에 대해서도 냉소적인 태도를 취하게 되는 것으로 보인다. 그런데 흥미로운 것은, 오랫동안 괄호 안에 묶여 있던 어머니의 존재가 이번 시집에서 '엄마'라는 이름으로 호명되고 있다는 점이다.

깜박 깜박
졸면서

하늘로 올라간다
올라간다 하늘로

하르르르
허공 밟고

올라간다 미끄러지며
이 하늘 저 하늘로

찢어진 구름 타고
오늘도

엄마가 사는
하늘로

—「승천(昇天) 연습」 전문

이제 시인은 정신의 힘으로 몽상하기보다는 오히려 신체적으로 존다. 그 졸음의 가벼움 속에서 시인은 하늘로 상승하는데 그 상승의 궁극이 허공임을 알기에 그곳은 도달 가능한 공간도 정지 가능한 시간도 아니다. 그것은 오로지 "이 하늘 저 하늘"로 올라가고 미끄러지는 율동으로만 존재한다. 그 하늘은 실상 어떤 관념도 실재도 아니며 "하르르르"라는 음운으로 떨리는 율동이다. 거기가 존재의 시원이라면 그곳은 관념과 제도의 '어머니'가 아니라 아기가 최초로 옹알거리는 언어인 "엄마"가 있는 곳일 수밖에 없다. 여든에 가까운 시인이 부르는 '엄—마—'는 존재의 근원의 소리다. 그러고 보면 시인은 언제나 모성의 존재들인 할머니, 외할머니, 아내, 딸, 며느리, 손녀들에 대해 유독 강한 애착과 애정을 보여왔다. 특히, 지난 마지막 시집에서는 아내와의 사랑을 "금빛 미친 사랑"이라고 낭만적으로 고백하기도 했다. 그런데 이번 시집에서 호명되는 '엄마'는 시인이 그동안 구원의 처소로 의탁

하였던 모든 여성적 존재들의 시원에 있는 근원적 모성으로서, 그리고 모태의 소리로서 '엄마'로 불리고 있는 것 같다. 시는 여기서 시각적 물상이 아니라 소리로 먼저 존재한다고 말할 수 있다.

문충성의 시는 쉽게 씌어지고 쉽게 읽히는 듯 보인다. 자연의 대상물들과 더불어 낭만적 초월을 꿈꾸거나 유년의 행복을 추억할 때 그의 시는 노래의 율동으로 가볍고, 세태를 야유하거나 역사에 대해 비판할 때 그의 시는 산문체의 호흡으로 끝없이 늘어진다. 하지만 그의 시를 어느 하나의 성향으로 규정하기는 쉽지 않다. 그가 구사하는 시적 상상은 낭만적 초월을 지향하지만 동시에 그것의 불가능성을 예감하므로 현재의 삶에 대한 대안이 되지는 못한다. 반대로 세태에 대한 풍자와 야유를 신랄하게 토로하면서 낭만적 꿈을 모색하기도 하지만 여전히 이승에서의 삶이 과거에 대한 그리움과 미래에 대한 꿈의 근거라는 사실을 직시한다. 그래서 그가 구사하는 시적 이미지들은 낭만적 감정의 투사물인가 싶다가도 생생한 현실의 사물이기도 하고 또 어느새 정신세계의 상징물이기도 하다. 그의 시 세계에 적지 않은 영향을 끼친 프랑스 시의 세계에 비추어 보면 그의 시는 낭만주의와 사실주의, 상징주의가 수시로 전환되며 병치되는 바로크적 변주의 세계를 보여준다. 그가 동일한 소재를 가지고 비슷한 시를 쓰는 이유도 어쩌면 이런 특징으로 설명될 수 있을 것이다. 그가 인상적으로 우리 시의 공간에 펼쳐놓은 '제주 바다'를 예로 들면, 그것은 지리적, 역사적 공간이면서 정신적, 신화적 공간으로 확장된다(「제주바다」). 프랑스 시인 아르튀르 랭보의 『지옥에서 보낸 한 철』을 환기시키는 『바닷가에서 보낸 한 철』은 어떤가. 그러니 그에게 바다는 현실의 바다이면서 낭만의 바다이자 동시에 정신적 상징의 바다다.

삶이 고달프면 바닷가로 나오라
그곳이 동해거나 서해거나 남해거나
제주 바다가 아니어도 좋다
수평선은 희미하지만 짙푸르지 않아도
언제나 눈 떠 있고
상관없다
흰 구름 두어 점 거느린 파란 하늘
새파랗게 부는 파란 바람
부글부글
불타는 가슴
어루만져줄 바닷바람 한 자락만 있으면
그래
아무 바닷가에나 가게 되면
그때

그대여! 말라르메에게서 도주하라
한글로 꿈꾸며 노래하라

—「바닷바람」 전문

문충성 시인이 그동안 수없이 되뇌어온 '한 편의 시'와 절필의 고백들이란 말라르메가 꿈꾸었다는 한 권의 책과 동류의 것임은 말할 것도 없다. 그래서 평론가 송상일이 시인에게서 읽었던 '말라르메 콤플렉스'를 수긍하지 않을 수 없다. 특히 위의 시가 명백히 말라르메의 「바다의 미풍」에 대한 반어적 변주임도 쉽게 알 수 있다. 하지만 그의 시에서는 시인의 고유한 체험과 감각이 그 자체로 자연스럽게 드러나는 것이라서 이를 프랑스 상징주의의 영향이라고만 규정할 수는 없다. 우리 시의 공간을 한껏 확충한 그의 제주 바다와 하늘은 시인 고유의 것이자 우리 삶의 고유한 공간이다. 상징주의 시인들에게 바다가 삶의 체험의 공간이 아니라 정신적 모험의 상징물이었다면 오히려 문충성 시인에게 바다는 삶의 원초적 체험이자 역사적 수난의 공간이면서 동시에 극복해야 할 정신적 수평선의 상징이다.

이 도저한 허무주의자에게서 삶은 정신적 관념으로 극복되지 않는다. 그가 "달빛 새하얗게 잠드는 집"(「권태」)이나 "새하얀 세상"(「겨울빛」)을 꿈꾼다고 하더라도 그것은 다만 순간의 환각으로만 경험될 뿐이다. 그의 허무 의식은 허무라는 관념에 기초한 것이 아니라 그 관념마저 도 의심하는 회의주의에 의해 뒷받침되고 있기 때문이다. 그는 관념적 허무보다는 차라리 환생을 꿈꾼다. 그래서 그가 그려내는 적막의 풍경들을 보면(「두 팔 벌린 허수아비」「어떤 오두막 풍경」 등) 세계는 죽음의 밑바탕 위에서 그 물상 자체로 머물러 있다. 그에게 삶의 진실은 이 감각적 세계의 체험 이외에 다른 것이 아니다. 더 나아가 그 진실은 사실의 체험 자체에 있는 것이 아니며 그 체험의 고백에 있는 것도 아니다. 그것은 오로지 그것을 "한글로 꿈꾸며 노래"할 때만 포착되는 것이다. 요컨대, 그의 시적 진실은 시적 관념이나 시적 체험에 있는 것이 아니라 말과 꿈과 노래가 일체가 되는 시적 발화 속에 있다. 그러니 시인은 오로지 시를 노래함으로써만, 그 노래를 글로 써냄으로써만 시인인 것이다. 시인은 그 순간에만 고달픈 삶에서 벗어날 수 있다. 실상 이 진실은 시의 진실일 뿐만 아니라 우리 모두의 삶의 진실이다. 삶은 오로지 삶을 언어로 말하고 노래할 때에만 삶이 아닌가.

마지막
고갯길 넘어가며
숨 막히며 오늘도
당신을 그리워합니까 반세기를
함께

살면서

사랑하고

때로

싸우면서

눈물이 마르도록

그 사랑 완성하지 못했습니까

—「마지막 사랑 노래」 부분

그의 마지막 사랑 노래는 미완의 노래로 남을 것이다. 사랑은 채워지지 않는 그리움과 기다림으로 남는다. 사랑은 끝내 사랑에 도달하지 못하고 사랑을 노래함으로써만 사랑으로 남을 것이다. 시집의 첫 시에서 이미 시인은 "마지막 나의 노래 아무도 몰래/하늘 한 녘에 묻고 가나니 푸르르르"(「하늘에 있을 때 나는」)라고 노래하고 있다.

마침내

내가 꿈꿔온

나의 우주가 한 잎

영원이 그리움이 됩니까 아아!

사랑하는 이여!

꽃이 져도 아름다운 색깔 지닌 꽃씨 남기듯

새가 허공을 날다 떨어져 죽어도

새하얗게

허공 한 녘에

빛나는 슬픔 남기듯

—「마지막 사랑 노래」 말미

존재의 시간 속에서 삶은 미래나 과거에 대한 이상적인 꿈으로서의 그리움일 뿐이다. 그 궁극에서 그리움은 미래와 과거를 가로지르는 지속이다. 존재는 그리움이라는 의식의 지향이다. "꽃이 져도 아름다운 색깔 지닌 꽃씨 남기듯", 우리가 꿈꾸는 우주도 영원도 하나의 그리움의 현상으로만 남는다. 꽃씨가 담고 있는 아름다운 색깔은 실현된 아름다움이 아니라 잠재된 꿈으로서의 아름다움이다. 그리고 허공을 날아다니던 새가 죽어서 "새하얗게/허공 한 녘에/빛나는 슬픔"을 남기는 것처럼, 인생도 허공으로 비상하다가 끝내 추락하는 여정에 불과하지만 "빛나는 슬픔"을 남긴다. 존재의 유한성은 인간의 슬픈 운명이다. 그러니 이 마지막 사랑 노래의 의의는 죽음과 슬픔을 말하고자 하는 데 있는 것이 아니라 아름답게 빛나는 그리움의 곡조를 남기는 데에 있다. 시인이 「1960년대 나의 서울」처럼 소소한 개인이 경험한 한 시대에 대한 기억을 남기든지, 「시대와 꿈」처럼 역사를 개인의 삶으로 불러와서 다시 성찰하든지 간에, 존재는 "알몸으로/알몸의 말 타고/내달리다 한 장 꿈속으로 다시"(「시대와 꿈」) 환원된다. 그리고 그 꿈은 다시 그리움이 되고…… 이렇

듯 40년 넘도록 노래해온 이 시인의 존재의 현상학은 끝내 도달하지 못할 낙원에 대한 사랑과 그리움의 노래로 흐르고 있다.

문충성 시인의 시는 쉽게 읽히지만 쉽게 해독되지는 않는다. 그 쉬운 호흡과 가락을 타고 넘나들다 보면 시인의 상상은 유토피아에 대한 꿈과 역사적 시간 사이에서 상승과 추락, 확산과 수렴, 혼돈과 정화를 반복한다. 이 바로크적 변주의 가락에서 시는 낭만적 서정과 세속적 현실을 넘나든다. 더구나 이 서정 시인의 품은 넓고 커서 제주의 서사무가와 전설에 남은 신화들을 서사시로 옮기는 작업들에서도 뚜렷한 성취를 이룩한 바 있고, 인간다운 삶과 허망한 이념의 대조를 통해 변방의 역사를 반추함으로써 서정적 사실주의를 구축하고 있기도 하다. 그리고 결국 이 광대한 노래들은 낙원에 대한 꿈과 현실의 불의에 대한 정직성이라는 시인의 견고한 자세에 의해 지탱되고 있다. 문충성 시인이 지난 40년 동안 한국 문학의 지리적, 정신적 변경에서 애절하게 불러온 저 자유와 사랑의 노래들이 우리 시의 공간에서 독자적인 풍경을 이루고 있음을 새삼 주목해야 할 것이다. ▨